想让夜晚低一些

李文娟 著

朝華出版社
BLOSSOM PRESS

图书在版编目（CIP）数据

想让夜晚低一些 / 李文娟著. -- 北京：朝华出版社，2025.2. --（诗汇百家）. -- ISBN 978-7-5054-5619-8

Ⅰ. I227

中国国家版本馆CIP数据核字第2025B5U453号

想让夜晚低一些

作　　者	李文娟
选题策划	尹旭春
责任编辑	卞慧芹
责任印制	陆竞嬴　訾　坤
装帧设计	悟阅文化

出版发行	朝华出版社		
社　　址	北京市西城区百万庄大街24号	邮政编码	100037
订购电话	(010) 68995509		
联系版权	zhbq@cicg.org.cn		
网　　址	http://zhcb.cicg.org.cn		
印　　刷	成都市兴雅致印务有限责任公司		
经　　销	全国新华书店		
开　　本	880mm×1230mm　1/32	字　　数	143千字
印　　张	7.5		
版　　次	2025年2月第1版　2025年2月第1次印刷		
装　　别	平		
书　　号	ISBN 978-7-5054-5619-8		
定　　价	78.00元		

版权所有　翻印必究・印装有误　负责调换

因为爱，隐隐作痛的并不都是伤口

梁 平

海泉转来的一沓诗稿，在我的案头上放了一段时间了。

今年在乡下的时间多一些，感受大自然的反常也多一些，比如八月桂花的集体静默，开得迟缓、稀疏，有些甚至完全没有开；比如地里的红薯成片成片遭遇虫灾，挖出来的红薯从内部烂掉，几乎无一幸免。桂花究竟在抗拒什么？红薯惨遭厄运，连当地的村民也无法解释。日子还得过，也终于过完了今年的每一天。反常，成了我今年的关键词。

而读诗是另一种心境。坐在书桌前，一眼看到还静静地俯卧在那里的李文娟即将付梓的《想让夜晚低一些》，似有愧疚，答应的事搁置了。李文娟这个人太过陌生，在这之前，我对她一无所知，在那么多诗歌活动中好像也没见过这个人，没听说过这个名字，当然也没有读过她的诗。我随手将诗集翻开，第一首《春山空》就吸引了我："那时树影只是梅花的烙印／水也只是一首词的背景／世界也没有那么复杂 想爱便爱／我所在意的 不过是月下推门还是敲门／不过是人闲桂花落　春山在夜里／空还是不空／去年送你的青丝　你已藏入随身的锦囊／这一生便已托付"。作者在古典诗词的意蕴里不仅写出了现代人的情愫，而且写得如此洒脱、如此决绝，这深深吸引了我。这似乎也有点反常，但再仔细想，只有爱，才可以有如此的担当。这样读诗，我也大可不必纠结于其他，可以"两耳不闻窗外事"了。

前段时间重读《聊斋志异》，近千个故事里写人和鬼的纠缠的，大多与感情有关，这些故事正是因为这类感情的并不存在而让人觉得惊艳和惊悚，这里的"并不存在"之所以能够深刻触动我们的情感，也正是因为这样的"不存在"却是现实生活中我们内心每时每刻的渴望和警惕，这样的"不存在"却是真真切切在文化和心理层面上的存在。李文娟的诗集《想让夜晚低一些》里的情感轨迹当然不是人与鬼的纠缠，但是我愿意把这些情感当成现实中的"并不存在"，因为它的不具体，它的不存在，才能够以更广泛的触角触动我，才尤其显得可贵。

爱是这个世界永恒的主题，爱人、爱生活、爱大自然，无所不及，因为爱，所以爱。李文娟的爱在诗里呈现出来的也是无所不及。"想让夜晚低一些／低过一些枣树和梨树／低过茅草和稻谷／低过山风　弯月／低过小孩的哭声和女人的眼泪""它低下来／为一切／披一床温柔的毯子／给泪和梦都撒上花瓣",这是这本诗集里很重要的一首诗,这首诗也是作者对于爱的理解和注释,从某种意义上来讲,此诗可以统领整部诗集所要呈现的经度和纬度。"低一些"是为了"让一些事物安静下来/瘟疫 战火 欲望和悲伤/无休止的奋斗/没有终点的行走/还有在心上爬行的细碎的疼"。爱的疼痛,在李文娟这里并不只是有伤口,还有执拗、坚持和勇敢带来的快乐的疼痛。

比如《极甜的九月》:

尝过微醉 蹚过沉溺 九月难以自拔
桂花被自己的狂热打翻在地
要经过一万次弯腰
才能捡起她们无意坠落的笑声
准备过节的菊花 为了藏匿绽放的秘密
选择在夜间整体迁徙
清晨 整个滨江路都是她们昨晚遗留的香
除了红 石榴还有万无一失的果实
比花朵艳丽的 是她肚里的孩子
让银杏在九月失宠的方法
只能是微雨 和比微雨更清纯的少男少女

菊花 月光花 凤尾兰 彼岸花

得到七色花的消息
——聚在此地
让九月为难的是
如何把爱以极温柔的方式启齿
要开放　却不要颓靡

　　这里九月的"极甜",需要醉,需要沉溺,需要把自己"打翻在地""一万次弯腰",需要"夜间整体迁徙",需要失宠,而且,还只能"以极温柔的方式启齿"。这里面看不见伤口,也没有伤口,于是我相信有一种爱近乎自虐,需要用疼痛自虐。

　　已经看多了很多人把爱挂在嘴边,很多人写爱,应接不暇的意象,毫无关联的辞藻,即使五光十色、山清水秀,怎么看也是一张假画。爱生活要活生生的"生",活生生的"活"。不妨看看李文娟的《写给自己的明天》:"洗了个澡　把头发剪短一截／敷面膜　换新衣／连床单都换了新的／我的明天在仪式里烟雾缭绕／每个人都怀揣另一个自己／希望某个明天／由它来发动推翻陈旧往事的'起义'／左手提着马灯　右手拿出拂尘／照过的黑暗远去了／拂过的灰尘远去了"。真正的爱生活不是去简单地爱一幅精心绘制的画,而是爱生活的一种状态,一种剥离,一种区分,一种与生活并存的"生"的现实和"活"的思考,一种尚未明确但可以果断舍弃以前的期待。

  我一直认为诗歌是一种自我救赎。因为诗歌写作其实是对内心纠结的整理和剥离,也是对内心真诚的追寻和确认,这就是自我救赎。每一个诗人都在有意无意完成这个命题,如同任何艺术归根结底还是无法回避日复一日的困惑,而去解困解惑,甚至去打破各种各样的枷锁和牢笼。在我看来,诗歌写作对于诗人而言,就是唯一找到的自我救赎的方式。困惑无休止,救赎无休止。屈原、李白、杜甫,最后也都是诗歌救赎与成就了他们。古代还有太多的诗人被诗歌救赎。想起以前看过一个电影《肖申克的救赎》,银行家安迪蒙冤被抓进了监狱,判了终身监禁,他没有一刻甘于受这样的冤屈,而是想方设法冲出牢笼,自己拯救自己,最后越狱成功,让自己重回自由世界。这故事本身是一个隐喻,这个"越狱"的隐喻对于我们每一个人都很有意义。我想它的重要性来自自信,我们不管遭遇了什么不公,不管受到了多大的委屈,想拯救自己只能靠自己。相信自己就是自己的上帝。当然李文娟不会有这样极端委屈的经历,但是作为隐喻,必须"越狱"却是放之四海而皆准的。我们每一个人所面对的所有的爱,都不会是一成不变的花前月下、轻歌曼舞,甚至更多时候伴随而至的有困惑、伤痛、否定,痛不欲生。李文娟的成功"越狱",就是整部诗集中几乎看不见哀怨、指责、仇恨,看不见怨天尤人，始终以自己对美好追求的决绝和自信，完成了自我救赎。"即使冰雪让全世界凝固／即使爱已被悲伤冻成了化石／我们也要一起化为蝴蝶／从雪山上往下飞"——

比如《不绝的路》：

我已种下三生三世的莲花
我用铺天盖地的雪昭告天下
你来时
世界要还我所有的晴
和永不轮回的极昼

我对李文娟刮目相看。读到这样的诗，很容易想到凄凄惨惨戚戚的李清照一夜京华，帘卷江山，八咏楼"气压江城十四州"的大丈夫气概。在诗集《想让夜晚低一些》里，像这样的气息、气质、气象比比皆是。李文娟默默地写了这么多，发表甚少，据她自己说，写了就写了，更多时候是把这些诗当作情感的一个出口，记下了，释放了，就好了。后来我知道她还是一名执业律师，这多少让我加深了对她的职业和她的诗歌写作的关系的理解，这个关系就是至死不渝的执念。"我学过怎样用很多真理来抵御／这寒冷和伤害／其中一个是／紧紧抱着不爱的人／试图用眼泪打动一颗无动于衷的心／就像在石头缝里撒种子／看它挣扎着生长/开不开花/都是它自己的事"（《割》）。她的这样的诗句，可以作为我这篇短文的结束语。2024年只剩下最后一天了，从这一本诗集开始，我对这样一个异常陌生而又已经熟悉的诗人有了更多、更久远的期待。

是为序。

2024.12.30凌晨写于岐山村

（梁平，当代诗人。中国作协诗歌委员会副主任，中国诗歌学会副会长，四川大学中国诗歌研究院院长，《草堂》诗刊主编。）

目录 CONTENTS

001　春山空

004　美人鱼

006　空城

007　画展

008　幻象

009　昨夜读了一夜的诗

010　回信

011　慢性的疼

012　叙事之一

013　叙事之二

014　赶路的人

015　你刮起了一阵风

016　短句

017　流行感冒

018　一些碎片

020　隐秘的河流

021　日常生活里的狠心

022　月亮来的时候

023　像河流一样的爱

025　看见你的疼

026　在刀尖上舞蹈

028　早晨

030　荷花独语

031　哭

033　最近

035　猎

037　我烟雨蒙蒙的祖国

039　删

041　在即将离别的清晨

042　七夕

044　区分

045　立秋

047　名字

049　割

051　想让夜晚低一些

054　现在　我要藏起这光芒

056　无题

058　女儿

060　极甜的九月

062　写给自己的明天

064　叛逆

066　不绝的路

069　那些黑

070　你和宿命埋我

072　这个阴沉的雨天

074　生日这天　有个人离家出走

076　试验

077　一扇打开或关闭的门

079　此刻　我站在大地中央

081　一些小小的战栗

083　念头

085　空空的地

087　痕迹

089　回乡

091　前提

092　写给那一去不返的旧时光或故乡

094　老爸的生日

096　遇

098　被一朵野花拦住去路

100　当我意识到自己有灵魂

102　新年寄语

103　竹篮提水的悲伤

105　她的手留着欢乐的余味

106　这为我准备的清晨和寂静

108　有你的时候

110　暮光之城：关于凋谢

112　一月三十日

114　二月十三日的旧事

116　好听的名字

117　缓慢地爱你

119　冒犯

120　黄昏

122　兴致

124　烟火

125　见

126　有一些雨水　落在老年

129　安慰

130　冬

132　下乡

134　我为自己设着一些栅栏

136　画外音

138　你的爱正在和我的世界角力

139　一场雨解开了春天的纽扣

141　鸟

143　我已认出了你

144　我站在四月的门前

146　失眠

148　经过一个小站

149　一些念

151　英雄

153　那过去颤抖着来到新的生活

155　在火车上写诗

157　背景

158　水记
　　　——写给柳街

161　写给一瓶酒之红花郎

163　比枣花还小的喜悦
　　　——回乡

166　我必须修剪自己

168　秋天寄语

170　臣服

171　长安

172　我想守护这空旷的一切

173　和很多孤独的灵魂相遇

174　在水面上种花朵

175　软弱

176　手无寸铁

177　樱花开了

178 命运把我往哪儿带都可以

179 完整的一天

180 辜负

181 奶奶

183 相信

184 害怕

185 飘

186 我正在注视那细微的一切

188 你还未对我使用春风

190 宿命还是洪水

193 遇见

194 放下之美难以言表

196 金沙夜月

199 流浪

201 如果有愿望

202 我的骑士踏马而来

204 我要向吹往林间的风说一声

206 计较

208 花赋之一·鸢尾花

209 花赋之二·青花

210 花赋之三·玫瑰

212 夜宴

—— 一个美人和她的王

214 听故事下酒

216 跋　秘密荒园

春山空

那时树影只是梅花的烙印
水也只是一首词的背景
世界也没有那么复杂　想爱便爱
我所在意的　不过是月下推门还是敲门
不过是人闲桂花落　春山在夜里
空还是不空
去年送你的青丝　你已藏入随身的锦囊
这一生便已托付

我知道　洪水来时　你在桥下等我
菊花开时　重阳的酒　你定要来喝
涉江采芙蓉　你看过我一眼
说过不会忘的
后来果然也没忘

那时的江湖没什么规则

有时西出阳关　有时烟花三月下扬州

有时看桃花　有时赏菊　有时听听鸟鸣

在下雪的夜晚借着雪色

走一夜长路来到你门前

只为说一句早安

相熟了也熬通宵　秉烛夜谈

碰上知己　约他到我家乡

饮酒共话桑麻

醉里挑灯回首半生戎马

次日一早就采菊东篱下

梦中梦见的人

不管他在何方

魂魄和他化为蝴蝶

与杏花春雨一起飞舞

相思时盼青鸟传信

惆怅伴着丁香花　开了又开

凭栏远望

只愿千帆过处

情人的声音先琵琶而来

一场委婉的爱
一场错过的遇见
对着空镜子流泪也无悔
因为美本身
已足够让人回味

美人鱼

这突如其来的潮汐
像是命运的暗示
隐匿无形的巨手再次伸进我小小的家园
试图摧毁那些还未长成的信念

很多年来　我在水边淘沙子
一粒粒　一捧捧
拣到你时　我以为那是爱情
大海被我抛弃了
巫师试图留我
他要我的头发和舌头作为临别的礼物
那有什么　我还有举世无双的美丽尾巴

含着月光相见　你比水藻茂密
比鲸鱼温柔　蓝过大海本身

怎么能是诱惑呢　你不也一样渴望我

除了羡慕你修长的腿

我对自己和你一样满意

我们一起朝那玫瑰色的结局走吧

我不想空手还乡

看　我不能说话

可我身后　一万条银色的鱼在代表幸福投票

你那虚无缥缈的人间

会用整个大海的波涛来说爱吗

故事的开始就是灰烬

在烈火中隐藏的冰川

开始收复失地

一朵泡沫向另一朵低语

如果爱不以生命相许

你就不值得重生

有很多种景象来为微不足道的泡沫送行

雷　闪电　狂风　7级海啸

因为无法承受的痛苦

我看到　一朵花突然收紧内心

空城

一个人待久了
她身边的一切
都散发出寂寞的味道
开车九个小时
坐飞机一个小时
地图上一厘米
久久地想象那个日历上被画了一个圈的日子
那座没有了他的空城
如今是不是
依旧灯火辉煌

画展

今天在江边看画
那美丽的女子画像竟是赝品
是不是你给我的感情也是赝品
不然说好的幸福
为什么消失了

幻象

每年春天都会起心动念
坐火车去看那座宫殿
事实上从未成行
因为靠幻象可以抵达的路
我都试过了
试过了才能死心塌地
在没有你的世界里苟活
不被拖进无底深渊
不去探寻那聚散离合的种种理由

昨夜读了一夜的诗

昨夜读了一夜的诗

一夜北风紧

花瓣铺满来时路

雨落了一夜

你心疼了一夜

在空茫的山谷里

嶙峋的现实已杳无踪迹

我和你共看日升日落

而梅花和桃花

在一旁伴舞

回信

如果你执意如此
我只好把生活格式化了
什么你中有我　我中有你
一只被打烂的陶罐
还找得回泥土本来的样子吗
别相信我　除了让你哭我什么也不会做
去年我回家一趟
一把火烧掉奶奶坟上的荒草
顺便把你也埋在过去了
别往回走
没看见秋风卷走黄叶
随便它往哪儿飘

慢性的疼

我发现自己正被慢慢消融
如同记忆被时光一点点浸泡　挤压
慢性的疼就是
不让你好好活着　也不让你死去
痛苦不屑于要人的命
它到底是有力量还是无力量
一直以来　我被光阴磨损
并被模糊地忽略

叙事之一

这样的生活太像一首诗

所以显得不真实

每天行走在悬崖边缘

要更加小心翼翼才不会跌落

所有的光束都集中在一个人身上

他们不过是想看见隐藏的堕落　黯淡

最好看他跌到谷底

说到底　即使理解和怜悯

我也只是一个看客

叙事之二

布谷鸟来的时候带着呜咽
它呼唤着一些无足轻重的
紫藤　茅草　狗尾巴花
把它们一起种进庄稼地里
只为了给孤独的禾苗　带来些朋友

赶路的人

一路上颠沛流离
你在一万里航程的终点
高擎火把
我深陷沼泽地　遭遇暴风雪
又看过人间美景
跟一朵花的炙热相遇
早已忘记心中狂热的信仰
微弱的火苗　正试图把我带向完全不同的方向

你刮起了一阵风

一块窗帘　你希望它开着的时候
它偏偏是遮着的
或许暗流汹涌
或许温情脉脉
它折磨你的方式就是让你猜想
你刮起了一阵风
却发现里面什么也没有

做春天的门外客
在热闹中噤声
把所有向上的欲望削平
以火热的心迎接
新一轮的伤口
爱或不爱　此后都要抱在一起
互为绷带　把生活的动脉缠紧扎牢

短句

既然已对春天以身相许
春风何苦管我风情万种　百媚千红
这一世良辰美景
只等你和时光
来共同辜负

流行感冒

无法承受季节肆无忌惮地换装
终于病成一场相思
无精打采　茶饭不思
听雨声就咳嗽
那虚幻的书生使人产生了错觉
朋友们怀抱鲜花
来问候一场爱情的症状
可那不过是每个季节的
流行感冒

一些碎片

一些碎片跌落了

和雨水一样

被江河湖海冲刷

有些　是卑微的人

有些　是卑微的生活

我在手腕上戴着一串玉兰

坐在屋檐下看

一只麻雀努力地想要

回到树上

回到本来早已不属于它的地盘

一只乌鸦带着自己的儿女栖居在那里

时光在看着我

一个扎小辫的女孩子

在幻想一条花裙子
那贯穿了整个童年的梦

如今这骨节已吱吱作响
百无聊赖的时光
究竟是哪儿上错了发条
让我比回不到家的麻雀还迷惘

隐秘的河流

这么多年来　我们互赠了很多伤害
当然　还有花粉和蜂蜜
这些　都会被经常拿出来复习
以及　深蓝色大海里的飞行
找不到钥匙的恐慌
我摊开手掌内部隐秘的河流
你就要输给我整个春天

日常生活里的狠心

听歌　写字　在黑夜里散步
养花　美容　把寂寞过得有声有色
你的问候　在门环上空响
远去的芭蕉　昨夜又滴了一夜的雨水
心狠起来
向风里颤抖的海棠花
扔了一把树叶
让它自己打扫

月亮来的时候

月亮来的时候　久等的天空问：
你走了多远的路
哦　没有
当路边的野菊花点亮秋天的灯笼
冬夜等待的烛光听见叩门声
一杯酒想念一个喝醉的人
那时我已在你怀抱
不是启程　是归来
你要记住

像河流一样的爱

从没想过　不止息的温暖
你来时　浪花便来
我只打算浮出水面喘息
你坚定地拉着我的手
带我去跨越山峰
寻找大海的方向

我是懦弱的　只敢在小范围奔腾
你是炊烟　是家　是环绕在我周围的光
是朝夕相伴的河流
我是你期待的山峦
用尽全部力气　也不敢倒向你

我的勇敢来自你的勇敢
生活太艰难了

我像所有人一样　克制隐忍
碰到你　忽然变成一个孩子
希望你宠　害怕你宠
害怕这天赐的爱是一种假象
有一天它露出獠牙
轻蔑地说：你这个傻姑娘

但此刻　这露珠拥抱的黎明
这四处寂静无声
唯有你的爱激起的波涛
在胸中激荡
我忍不住抛弃了一切衰败的想象
只想在这人世短暂的光阴里
以爱之名
尽情绽放

看见你的疼

你不在的世界什么样
太阳都镶着黑边
走着的人们像 X 光下的鬼影
我逆风奔跑
向一滴泪妥协
那脆弱的已经快要结束的春天
看见了你的疼

在刀尖上舞蹈

在刀尖上舞蹈
扔下花瓣的人　微微低垂的脸庞
就复活了树林
我以为那时的浓雾都消散了
或者草叶搬空了露水
在路边走动的人
有时隔得很远　仍然容易被认出
多半是出于悲观　整个天空安静极了

一个咀嚼烟草的人
一个流浪汉
身上缀满了树叶
散了又散　叮叮当当地响

他用凌厉的眼神看我

挣扎着想要过来
我难以忍受他的气味

我拿着树枝
夜里种花　身后是黑漆漆的
记不清要干什么
马跟在身后
不再绕道奔跑

早晨

往事起了青苔

有人试图行走　马上摔跤

湖水在一千里外闪光　水中有鱼的倒影

"我是一个保守秘密的人"

你去过那里　祭奠过大漠和青春

还有　胡杨树下的她

人们天天行走　似僵尸遍地

在别人的痛苦里伤怀

不敢祭奠自己

我牵着狗和小孩

走在被风和寂寞扰乱的清晨

目睹一场慌乱的退潮

一只鞋　半个西瓜　散乱的被子和船帆

江水甚至忘记带走
热闹的人群拥过来
极力辨认
只有我躲得远远的　远远的
害怕那是你　或者另一个自己

荷花独语

他已经丢失了我的信任
只是自己不知道
池塘的雨水带来了背叛的消息
知道他要回来
我一早通知了荷叶和根
做好开放的准备
一场艳丽的告别
总好过在悲泣中挽留
看　水一涨再涨
淹没过去　又淹没猜疑
季节在观望　暂时没有跑开
在暴雨过后的黄昏
为了让远离美的人后悔
我终于挣扎着　肆无忌惮地开了

哭

天上的乌云和闪电
地上的河流和海洋
它们都蓄积着
等我的一场眼泪

不晓得怎么了
小时候我很爱哭
鸟儿打碎了鸟蛋
蝌蚪变成了青蛙
发芽的柳树
李子开白花
桃树开红花
一条毛毛虫拼命往光秃秃的岩石上爬
玉米的叶子割了手
树上掉下的橙子砸了我的头

都能惹我哭一场

现在我的眼泪被不知名的手收走了

说着说着就下起雨来
说着说着涨起了潮水
说着说着起了海啸
我说我犯得着吗
还是我自己来吧
我亲自哭

最近

最近我房子前面的花
不想等路过的人观赏
六点就开了
有些是绿萝　有些是七色花
有些是仙人掌
有些是茉莉
更多的　是叫不上名字的花
我只是随意地把它们种着
就像随意地处置理想和信仰

浇水的时候我很少和它们对视
一双湿漉漉的眼睛
只会让泪水决堤
我想和它们说话
它们统一转过脸去

仿佛不敢正视
懦弱和妥协带来的悲伤

黄昏　目光的正前方
一只鸽子落在一个小孩的肩膀上
孩子勇敢地承受这突如其来的信任的重量
他弯着肩膀　喜悦传染经过的人
落日为他低下了头

院子的另一边
是一些刚刚从村庄乔迁过来的树
他们还没来得及脱下鞋袜
只试探性地掉了一地青青的树叶
还不敢确认这新的陌生的家

只有两只小狗
提前欢迎了小区的新邻居
一个穿着花裙子的腼腆的小姑娘
它们一会儿衔走树的袜子
一会儿逗弄我的花儿
对最近发生的一切
都不放在心上

猎

我的猎人手持利刃

披荆斩棘

他最终的目的

是要猎获我的心

而我的心从我自己也不知道的喜马拉雅山顶端

穿过湍急的雅鲁藏布江

把经幡上的经文诵读一遍又一遍

也无法抵达的神秘之地

必须依靠他的跋涉和寻找

我才能逐步显现

寻找的过程血迹斑斑

他征服　我臣服

都不是一件容易的事

内心的战场　尸横遍野

终有一天

石头柔软　海水斑斓

巨大的花朵

终会盛开

我烟雨蒙蒙的祖国

祖国对于我
是一方滴水的屋檐
一只青瓷碗
一张床
和我亲爱的女儿
如果再奢侈一些
加上你

相濡以沫都嫌沉重
我要把和你的每天
都变成舞蹈
如果过度的激情会让一生变短
我会让有你的每秒　变长

从五月到七月　没有相见的日日夜夜

我的祖国　从江南到塞外
陷入了无休无止的雨季
它替我一毫米一毫米地累积
直到思念让长江和黄河
全部涨潮

我烟雨蒙蒙的祖国
有浩瀚的大海和巍峨的高山
有四季更迭的美景
数不清的动人故事　在江湖流传
你在的时候　它美且温暖

我所能做的　所愿望的是
既然离别也不能改变光阴流转
不如在月光如银倾泻的夜晚
和你在泰山之巅　华山之巅
一切事物的顶端
来一场温柔的探戈
把尘世中所有写作爱的字眼
迷离而华丽地呈现

删

脆弱到只需一根手指的
一个简单动作
就能切断与昨天的全部联系
多么深植的幸福
刻骨铭心的伤痛
一万天又如何
等于此刻少于微秒的程序运转
只怕清盘之后
所有盘根错节的回忆
都自动整理成每章每节
拷贝或储存在
运算能力强大的人脑或心脏

不想努力白费
你的手指　停在半空中

时间静止下来

看一场虚空如何打败

另一场

在即将离别的清晨

在即将离别的清晨

我望着他

他在收拾行李

把衣服　雨伞　书籍

一件一件放好

做着离开的万全准备

窗外晨光熹微

他还不知我内心的风暴

就在明天　我也有一次远行

而且希望　我们从此各自流浪在不同的路上

像两条相隔万里的河流

永不相逢　也永不相忘

七夕

倾全部的雨水和日月
一年中的二十四个节气
三百六十五天

倾望过的星空　唱过的歌谣
一切的抚摸和亲吻
老槐树下的故事和失落的纱衣
不忍分别的眼睛和担子两头的儿女

这相聚时刻　这悲伤时刻
既是花好月圆　又是骨肉分离
倾一夜薄雾　满天彩霞
神的诅咒和祝福
思念成疾的相拥和凝视
悲伤过处　无泪可流

欢乐来时　喜鹊已站上离别枝头

倾织成的月色和山峰
熟了的玉米和大豆
大地上为你生长的万物
孩子柔软的肌肤　青草上将滴未滴的露珠

此刻你是我憨厚的夫君
此刻你是那凡间一切做梦的人

区分

我们常常把一些东西区分为你的　我的
你看那鸟儿
它吃完东家的果子　又吃西家的
从不分彼此
风吹过树林
云朵也是　从这里飘向那里
还有江水
它倒映过群山的影子
戏弄过往的船
把鱼儿从上游送往下游
接纳过雨水
涨潮过又退潮
从不曾计较
此时得到
彼时又失去

立秋

那些细碎的刀子
一层层割开深藏在翠绿中的黄
从春天起便怀孕在身的石榴　苹果
等待更深的空旷和坠落的时分

一只兔子在草丛中的心跳
被群山遮掩
收割后剩下的谷茬埋葬了麻雀的期盼
乡亲们晾晒着豇豆和青菜
这是我故乡的秋景

铺垫了两个月
一点点落叶
穿墙而过的细雨声
滴在星期天早晨　孩子软软的睫毛上

仅仅一点凉风
就让我脆弱得说不出话

你不来时　季节也迟迟不来
等待的人　在打包遥远的往事
这是约定的月圆　月缺
我甚至想对你说声谢谢

这个有点风的午后
内心明明承受着　全部的重量
我却觉得轻飘飘的
如果一滴泪也有温度
它的沸腾不足以煮熟
望眼欲穿的孤独

名字

他们叫我彼岸花或紫檀

他叫我女儿

她叫我母亲

他叫我爱人

我以一些名字存在于这世间

仿佛没有那些名字

我谁也不是

那么我看见的烟雾

做过的梦

对着镜子照见的脸

究竟是谁的

睡在你身边的那个人

是谁

狂野的怒火　想要毁灭一切又最终隐忍

一场战争过后默默哭泣的是谁

是谁嗅过蔷薇

被冰凉的雨淋湿过绝望

是谁被向日葵硕大的花朵诱惑

站在路边等日升日落

是谁纵身从悬崖跳下

为了交换一句虚幻的誓言

有过名字的人　借着名字发光

在名字里把悲喜埋葬

戴着名字的枷锁

从一个场景到下一个场景

不停奔波

他们都认识你

只有你不知道自己是谁

只有我佛

在那众生之中

只需看着我的眼睛

无须唤我的名字

管我是谁

他轻拂柳枝

我便会追随而去

割

重复过
被一棵锯齿草割伤的距离
我忍着痛和孤独
想要回家

举着火把的人亲自灭了火
他把黑暗当作利剑
用刺敌人的方法来刺爱人
似乎不这么痛　便无法证明有同样的爱

我学过怎样用很多真理来抵御
这寒冷和伤害
其中一个是
紧紧抱着不爱的人
试图用眼泪打动一颗无动于衷的心

就像在石头缝里撒种子
看它挣扎着生长
开不开花
都是它自己的事

世间斗转星移
讲故事的人频繁更换着背景
在月亮船里睡着的人
醒在下个世纪
刻舟求剑　守株待兔
固执地找着已不存在的幸福

想让夜晚低一些

想让夜晚低一些
低过一些枣树和梨树
低过茅草和稻谷
低过山风　弯月
低过小孩的哭声和女人的眼泪

让一些事物安静下来
瘟疫　战火　欲望和悲伤
无休止的奋斗
没有终点的行走
还有在心上爬行的细碎的疼

深夜十二点　楼下喝啤酒的人砸烂了玻璃
一辆汽车疯狂碾轧过一条小狗
邻居的敲门声响了半小时也没得到回应

而对面的窗口有个失眠的人
他无声地看着这一切
这夜晚造的　另一个世界

灯光假借了白日
我要的夜晚
它不够低

假如它低一些　再低一些
就会看见蚁穴和花蕊
看见叶子粗粗的脉络
母亲手上的青筋
轻抚熟睡的幼童
一个人的梦
梦里他到过从未去过的地方
过上了另一种生活

假如它再低一些
就会忍不住伸手抚摸
在夜晚忙碌的田鼠和秋虫
蜷曲着叶子的含羞草
刚刚经历过蜕皮的蛇

以及小男孩痛苦的呻吟

它会抚摸那些被白天遗忘的
疲惫　挣扎　愤怒　羞耻
它低下来
为一切
披一床温柔的毯子
给泪和梦都撒上花瓣

现在　我要藏起这光芒

我听见夜晚的歌唱
看见仰望的目光
某年　有个人赠我一双翅膀
害怕飞翔的伤
把它包装好就放在墙角
偶尔想飞　就在夜间拿出来比画比画

现在　夜莺轻唱　华灯初上
很多人因我而受伤
我再一次想起了这双翅膀
它赠我温暖　赠我渴望
飞吧　一瞬间逃离这人间幽微
这红颜　这白骨　这槛外逃不掉的劫
现在　我要藏起这光芒
花却不忍　江水不忍

河流一样的路　寂寞地衰老

因为动用了与你有关的回忆
我要藏起这光芒

无题

有些禁忌

必须保留

不要去往没有人烟的居所

不要在山林里叫爱人的名字

看到一个孤独的人　不要上前搭话

他的孤独是一座即将喷发的火山

你的好奇就是你的末日

有些秘密

必须忘记

蜜蜂忘记一朵花的蜜

溪水忘记摇晃的月亮

有个人忘记了黄昏时陪他散步的另一个人

这个世界上值得记忆的　永远是

被和平解放的自己

疲惫和慵懒　被打磨的激情
放弃从不比忘记更远

有些更新
必须停止
他换了新车和新电话
她换了新发型和新男友
不能更新　老屋的炊烟
眼神柔和的老花狗日复一日地等待
竹林里新长的笋　雨后青苔
全部的情话不敌　电话那头的乡音

所有的过去加起来并不等于今天
赶路的人！你停不下来
若停下来　我将说出一切迟缓
一切爱

女儿

知道自己渺小
不敢和你对抗
你的啼哭和欢笑
小小的撒娇　故作坚强
那叫妈妈爸爸的人
是你的全部天空
你柔软得让山峰自我劈开
为你让道
云朵也为你开启了洪荒
女儿
即使用所有的美好铺路
我们仍嫌不足
你来了　世界开始变得局促
看它手忙脚乱地为你准备了什么
被污染的天空和河流

比夜还深的黑暗

离别或孤独　你所不知的困惑和疼痛

我能做的　不过是为你造一个梦境

把苦难剔除一些　放在我的心头

让你小小的头　心满意足地枕在我的肩上

让这个世界不要打扰你

我亲爱的女儿

为了你

我请求它不轻易动用怜悯和恩慈

极甜的九月

夏天被热掏空了
九月蓄积一个季节的渴望
以秋风　以极饱满的果实
以柔软　以铺天盖地的红或黄
以轻盈包裹一切飞舞
酝酿着极甜

尝过微醉　蹚过沉溺　九月难以自拔
桂花被自己的狂热打翻在地
要经过一万次弯腰
才能捡起她们无意坠落的笑声
准备过节的菊花　为了藏匿绽放的秘密
选择在夜间整体迁徙
清晨　整个滨江路都是她们昨晚遗留的香
除了红　石榴还有万无一失的果实

比花朵艳丽的　是她肚里的孩子
让银杏在九月失宠的方法
只能是微雨　和比微雨更清纯的少男少女

菊花　月光花　凤尾兰　彼岸花
得到七色花的消息
——聚在此地
让九月为难的是
如何把爱以极温柔的方式启齿
要开放　却不要颓靡

写给自己的明天

洗了个澡　把头发剪短一截

敷面膜　换新衣

连床单都换了新的

我的明天在仪式里烟雾缭绕

每个人都怀揣另一个自己

希望某个明天

由它来发动推翻陈旧往事的"起义"

左手提着马灯　右手拿出拂尘

照过的黑暗远去了

拂过的灰尘远去了

我舍不得那小小的光

像个小小的孩子　拖着母亲的衣袖

一边捂着疼　一边怀揣远方

来渡我的人

把明天描绘成波澜壮阔的河

他是孤舟　他是帆

他是河上的飞鸟

他飞时　我不过是

胸无大志的鱼

即使离家千里

也记得洄游的路径

当我鼓足勇气　把明天这枚小小的徽章

拿去与幸福交换

它是会念及卑微脆弱留有余地

还是一口回绝

还有人比我更知道河流汹涌

和群山的孤独吗

我要紧紧抓住

这黑暗里唯一的药

叛逆

那些过去的事
排着队向我一一走来
看　这是痛苦　这是被人遗忘
这是瞬间的欢乐
这是感动
它们让我抚摸
疼痛让我麻木
可我的指尖又传来一丝温情
不是这些时刻
我便不存在于这个世界
非要问我眼中有何疑惑
我已厌倦左右为难
明明有很多话要说
我却愿意蒙上头睡一觉

许过的诺言有什么用

被风吹走了

等过的人有什么用

客死异乡了

看过的风景有什么用

都被大雪覆盖了

被爱过有什么用

现在不爱了

相遇过有什么用

分别是迟早的事

昨天是座寺庙

没能洗净我的灵魂

只埋葬着一团糟的过往

不绝的路 [1]

从玉龙雪山往西
喝完最后一碗酒
你在前世的阳台上朝我挥手
奔赴的血已凝固
有多么深切的爱　就有多么深重的孤独
如果一切都能相约
让我们相约在岁月的另一端
相约以轻盈　以深情　为彼此伴舞
昨夜我说了许多话
但古老的文字踌躇不前
吝于描写剧烈的挣扎　永不解脱的爱

---

[1] 在古纳西族，如果相爱的人得不到祝福，无法相守，他们就会来到玉龙雪山，双双殉情。传说那里有幸福的第三国。

等着我

即使冰雪让全世界凝固

即使爱已被悲伤冻成了化石

我们也要一起化为蝴蝶

从雪山上往下飞

就到了另一个国度

活着本来就是一场幻象

为了幸福

来　让我们跳最后一曲探戈

等着我

你是我昨日种下的因

在尘世的唯一连接

二十年的等待

无论命运如何拷打

在炼狱之中你是微弱而不灭的光

佛终于许我极悲之后的极乐

抱着你　我幸福得失声痛哭

等着我

除了死亡

你是最后一个谜底

为了解开这盘根错节的希望和失望

我为世界留着最后一扇门

在它关上之前

我已种下三生三世的莲花

我用铺天盖地的雪昭告天下

你来时

世界要还我所有的晴

和永不轮回的极昼

那些黑

那些黑
我一个字也不会提
若光明来了
告诉他　我过得很好
比他在时　还要安静
还要幸福
还要对一切了如指掌
行走时
记得戴着花环
提着灯笼
小心不要撞着你心里的名字
免得打翻了疼和孤独

你和宿命埋我

卸下了一切重负

是嶙峋的爱

没有修辞

也缺乏丰满的誓言

只一眼　万物肃杀　见血封喉

是宿命埋我

你赠我的衣衫已用羽纱重新缝制

千万人路过　没人进入山重水复的委屈

你的怜悯　需用一世泪水和寂寞来还

佩剑闯荡江湖的英雄

为我停下脚步

将花、河流和着日月饮下

我赠你轻裘　美酒　夜光杯

以幸福引诱幸福

你可以忘记世界

不准忘记这山野春花

这丽日　这长满茅草的故乡小径

还有月圆之夜的寂寞长歌

这个阴沉的雨天

这个阴沉的雨天
我感到一切都要离我而去
熟悉的生活　走了一百遍的街道
每天中午在食堂吃的饭
那只上下班路上一直碰见的吉娃娃
和戴着硕大戒指牵着它的女人
补鞋匠挑着担子前行
一辆奔驰车呼啸而过
化着浓妆的老年腰鼓队
放学回家的儿童
这些让人战栗而又无可奈何的事物
毫不客气
一五一十地述说着日常生活
为何我会感到悲伤
天上的太阳试图让我快乐些

照着阳台上的花
它不知什么时候枯萎了
这不知疲倦与我作对的日子
这卑微与弱小
让我觉得不配被爱
不配与美好共存这个世界
可是夜晚一来
我又放心大胆上床睡觉去了
好像这一切　从未发生
明天有什么未知的
还是会来临

生日这天　有个人离家出走

生日这天　有个人离家出走
雪地里无脚印　天空中也无痕
流水一样的光阴
去哪儿了呢
那年她五岁　在山中与一头牛走失
看太阳一天照遍四季
饮过的小溪突然消失
在竹林里睡着的孩子
走到月亮上去了
露珠一样短暂的青春
给恋爱让过座
一些爱　一些观看
都不认为自己是主角
被欲望扑打的日子
消耗了健康和宁静

收获的不过是一次术后的疤痕
天使派发孩子的时候
有了一个女儿
被误判的道路
再一次铺满鲜花

平生第一次　带着眼泪笑了
忽然中年了
有时间想人生
不如去河边走走
年年生长的垂柳
见惯了所有落寞的背影
再也无法年轻
这千疮百孔的丰富
让人疼　也让人圆满

试验

你一再试探
所用的毒已超过我能承受的量
在迷糊中我惊觉天亮了
抱住过去哭又如何?
那逝去的从来不会复活
一点点花粉而已　一点点关心而已
开始燎原的欢乐
把痛苦一并引燃
这不顾一切的切割和倾注
让波平如镜的生活嫉妒得发狂
终于痛下杀手
一头是沉寂的死亡
一头是无法止息的悔和怀念

一扇打开或关闭的门

我不过是去了一趟湖边
看过几次牛羊奔跑
转经筒的人信仰虽虔诚
我还是自顾自离开了一场
比寂寞还深的挽留
我询问着眼中转瞬即逝的火花
山河皆后退一步
烧掉扰乱我视线的世俗生活
关闭你就像合上一部厚重的经书
时间最终会将我收回
那时你的名字被风吹散到水中

或许太过幸福　我们开始把玩终点
终于吵醒了一旁沉睡的痛苦
我已预备好用苦难来平复这此起彼伏的探寻

不料你的肩膀太轻

一阵阴霾已吹散那些千金一诺

门只是个象征

这谁都知道

门外你等着或走掉

关系到这个世界是晴天还是

反季节的六月飞雪或冬雷震震

当然我们或许知道

即使含泪扔掉一生的希望

最终也得不到一句原谅

一句荒凉空洞的呼唤

用两个人的骨灰来成全这个世界

也养不大一株比孩子还小的树苗

此刻　我站在大地中央

此刻　我站在大地中央
仿佛化作每一根树枝
每一滴露水
仿佛枝头鸟儿的鸣唱
是我欢快的声音
有时大地在我体内
泥沙俱下
有时它修筑坚硬的城堡
并且不留一扇窗户
有时海洋是我
一生的波涛流过
爱过的人像一叶孤舟
始终停留在海上
他在没有出处的黑洞里乱闯
自己还从不知道

当我在晨雾里看到沉睡的一切
仿佛自己怀抱着村庄和溪流
放任鲜花开放
放任一条狗回它自己的家
放任太阳缓慢升起
放任一对低语的野鸭在湖塘里游
我知道大地的谦逊
它不认为世界是它的
所以允许我把隐秘的泪和笑
毫无保留地奉献给青草或荒原
还允许我把它最美丽的部分
当作我自己

一些小小的战栗

一些小小的战栗
让你失色
想到有一天你将会被遗忘
像沙漠失去一粒沙子
像烟雾失去一缕水蒸气
那些付出的爱
念着的名字
又有什么意义

好吧　即便活着只是尘埃
我也要尽力在阳光下舞蹈
因为经历过更多的痛
才知道活着的珍贵
轻轻粉碎全部的枷锁
换来与生命执手一握

夺目的光会化为灰烬

走着的路会突然消失

决定不让牵挂把所有的幸福压垮

给死亡设条底线吧

它带走躯壳　带走跟随着的沉痛的过往

用我的爱种一池水仙

无须土壤也能在你心上发芽

念头

一切有什么要紧
你要爱时爱便来
恨也是
一个念头被打捞
被供奉过又被丢弃

你遇见的就是最好的
虽然更好的还远远排着队

走远路要穿舒服的鞋子
拥抱的时候却要光着脚

想到昨夜的雨声
她是怎样把几千年前的思念滴到你的枕畔

我们共赏着一轮明月
心中所想却完全不同

沙漠对你是干旱
对我却是辽阔

互饮着杯中的水
喝完之后起身向相反的方向离开

你念的名字和他念的是一样的
她全都不理会

我抚摸着孩子的头
想起一只走失的小狗

雁南飞　鱼在水中游
一念起时寒风凛冽
一念又起暖阳照山坡
坡上的妹子等情郎
那情郎又无情走西口

空空的地

下午我路过一垄红苕地
垄是整齐的
几天前还绿油油的衣裳
被强行扒到一边
藏匿了几个月的孩子
一个一个被掏空了
看起来像经历了一场浩劫
土地摸摸自己的肚皮
感到了空荡荡的满足
对于那些夸夸其谈的奉献
这无疑是一记响亮的耳光

对有的人来说
爱只是象征和修辞的一种
它不指向幸福

也不指向相守
为了一棵山楂树的舞蹈
他们辜负了秋雨一生的温柔
土地包容了植物的顽劣和倔强
它承受他们剩下的阳光和四季
长出果实　喂饱爱人和仇人
它任由一切因果锻打
有时候是种子　有时候是杂草
有时候种豆并不得豆
有时候是甚至连虫子也不愿光顾的荒芜
如果要抱怨　风都不肯听

但它终于长出小麦和南瓜
长出深埋着的红苕和花生
长出玉米和金灿灿的向日葵
哪怕最后是空荡荡的结局
它也一点都不在乎
真的　一点也不

痕迹

你的泪中藏着一个晶莹的上帝
我只信他　信他小小的身体
有时怀疑的狂风让我颤抖
一想到他　我便止住了悲泣
拥抱太紧　让彼此反生间隙
莫非狂风般的激情　已让欢乐产生倦意

在这颗唯一的星星上
专门贮存各种秘密
你掌管着通行的钥匙
你没来时　我替你看守你驯养的玫瑰
有时花瓣承受不了蜜蜂吮吸的甜蜜
有时又渴望风雨无情的侵袭
花只管自说自话地沉溺
不管风的饥饿和渴

还好　我们终将归于尘土

谎言　誓言　进退和反复的欲言又止

并不证明什么

在这轻如鸿毛的一生里

看过花开　见过落日

遇上你

一切皆已得到安慰

回乡

这些年我正在返璞归真
一寸一寸地回归
有时候
一只蜻蜓的飞翔
也让我泪盈眼眶
在路上等着的娘亲
让我不敢回头望

乡愁帮我拄着拐杖回家
它探望过老屋
我认识的人大部分去世了
只有一些核桃树留下来
年年开花　从不结果

找一个人一起回忆往事

比一见钟情难

那些黄叶和枯草

陪着故乡伤感

它费尽心机

只为给游子准备一场霜降

几夜痛哭

前提

一座城池的颠覆
一条河流的干涸
一个人参完所有的禅
换来这一天
如果和他共有这一天
加上我的二十四小时
每一小时变成两小时
一分钟变成两分钟
一秒变成两秒
加上幸福或痛苦的前提
这就是最长或最短的一天

命运轻轻提起手
开始加这个前提……

写给那一去不返的旧时光或故乡

你是我的梨花或春雨

小桥或流水

大江东去或四面楚歌

"春风得意马蹄疾

一日看尽长安花"

也是一页泛黄的日记

一张老唱片和没声音的留声机

我和你曾"执手相看泪眼"

也曾遥望春色 "漫卷诗书喜欲狂"

有时我用三个字唤你

有时写十四行骂你

在一切悲喜里从容经过

飞行了八万公里

你也是心中唯一的目的地

去年在泰山

从山顶往下走

碰见乡音

"四川南充的妹子"

只一句　让我爱上一整天的济南话

因为它的广阔里

有我故乡的影子

行过东西南北

从十三岁到四十岁

不过一首诗的时光

故乡曾经老到抱不住一缕炊烟

如今却和我在阳台上对坐

泡一壶稗子酒

对着星星放歌

老爸的生日

你的生日是今天

我的生日是认识你的那天

从今天起你老一岁

我踩着你的肩膀长大一岁

年轻时你吃过很多苦

我来到这世界　带给你痛苦和幸福的立方

我一降生　仿佛这个世界就多了很多凶险

你每日絮絮叨叨

我依然勇往直前

挫折失败你都兜着

"大不了回家种那三亩薄田"

你最痛苦的是无法代我受苦

你责备我的粗心冒失和不负责任

却从不责备我的痛苦

我一哭

你便无条件地谴责那让我哭的人和事
你老了　记忆还停留在我几岁的时候
坐在你的自行车后座
幸福地叫你爸爸
你有一个女儿
透过她
你也有过这个世界

遇

不记当时年少

如今同样的河流在晚七点的街上流淌

把熟悉的脸从人群冲向路中央

红绿灯是我们的独木桥

澎湃的激情堵住问候的闸门

"你好吗" 分开六年 平均每两年一个字

它一出口

似有千钧之力压住你

时光被冻成两段

一段在它之前缠绵悱恻 痛不欲生

一段在它之后云淡风轻 花开花落

"河没有水就只能是河床了"

有的干旱是因为放逐

有的干旱只是因为等待

其实我想说的是

你一不在　我就老了……

被一朵野花拦住去路

是新近洗过的树叶和草
还有阳光伴着
走着走着　被一朵野花拦住去路
它质问我的心情是否有所变化
除了用另一朵野花来回答
我不敢告诉它我的怯懦和犹豫
也不敢答应好天气的期许
以惯常的一个"忙"字
掩盖着空洞无物的复杂
松树在一旁嘲笑我
它并不知道我和它的边界
不只是一条道路这么简单
我甚至无法打开一片森林的清晨和夜晚
就在其中迷失
和素未谋面的未来通过电话

它有些模棱两可
但也不反对此刻的阳光
暖暖地照着我

当我意识到自己有灵魂

我意识到自己有灵魂

它独自穿过五点钟的早晨

在一些书页和花丛中走来走去

哭泣　微笑　狂喜或极痛

颓废　平静　它过着自己的节日

即使在佛经中打坐

它也不安地光着脚

蜷缩在蒲团中

带着电极的接头暗号

劈开重重的俗世生活

燃起属于一个人的火焰

我的灵魂开始浮在五层楼顶

宽宥或者拒绝

排斥或接纳

俯瞰那些忙忙碌碌的肉身
那空荡荡行走的女人
她嘴角的微笑不再是秘密

来　我们坐下来　谈谈诗歌
那一见倾心的情人
把胡萝卜削成花的形状
或者在餐桌上铺上镂空的桌布
这琐碎的慢动作
被爱镀上柔和的光线
举起杯中的葡萄酒
碰响留声机中的音乐
我的灵魂见到柔软的事物
就躺下了
她代替一切沉默的声音
轻轻哼起了歌

新年寄语

新的一年　和自己喜欢的一切在一起
什么风物长宜放眼量
我要做一个只看眼前的人　过好每一天
消失的事物要配得上未来的美好
一江春水向东流，流走世间万般愁
爱生活　爱自己　不逃避　不挣扎
父母尚在　尽量远游　只要不忘归
爱孩子　因此尊重自己的幸福　以此为榜样
即使失望　即使失意　即使一切破灭　也保持风度
仍然善良　仍然天真　仍然一往无前
让他们喧哗吧　我为春天保持沉默　内心欢喜
继续折腾　尝尽千般滋味不改一颗赤子心

竹篮提水的悲伤

多么寂寥的夜晚

我在庭院里坐满一场冬雪

你仍不来

在体内游走的猫咪

打起了盹

我只是寄居

你和往事都只是壳

即使是短暂的分离

也像菠萝上的刺

要尝到相聚的甜

尚需一路曲折地剜除

没什么会被刻意记得或遗忘

真相并不想带给未来更多的祝福

我成了手染鲜血的祭祀者

被现实混淆视听

以你为全部的宿命或因果
"如果真的有幸福呢"
说完这话
我和你一同起了风沙
你被它吹走
我被它深埋
就算此生是一场虚空
又如何挡得住两粒沙子落往同一个沙丘

她的手留着欢乐的余味

她的手一整天都在忙碌

早上洗菜　切水果

上午在键盘上敲打了两个小时

搬过一堆过期的报纸

开车　打扫　给人指路

勇敢地指着一个无赖的鼻子

逼他为做错的事道歉

她兴高采烈　无所畏惧地做着这一切

因为昨天她抚摸过爱人的脸庞

让他的头颅靠在柔弱的肩上

一整天被他的手牵着

他的吻在手心发烫

她的四处奔忙的手

一直留着欢乐的余味

这为我准备的清晨和寂静

这为我准备的清晨和寂静

那争先恐后涌过来的过去

最终汇聚在这刚刚到来的黎明

一个人在为我哭

我和爱交换着孤独

分别的泪水敲响回忆的钟

可以大雨倾盆　也可以转身不理

爱过的人被回忆埋在盐碱地

不长庄稼　也不再开花

向上　奋斗　一些被说服的正能量

让我的悲伤和痛苦

没有歇息的机会

现在这清晨　终于来了

一只小狗　在我的脚边啃着鞋带

这个城市还未睡醒

窗外下着雨

妄言幸福的人被时光嘲笑

那火焰引得朝圣者前仆后继

被描摹过的河流和远方

正在关注我身体里的疼和撕扯

在这个冬季　鸽子和梅花

一同被冻僵

唯一安慰的是

你在身边

彩虹会来

有你的时候

有你的时候

这个世界向我展示了它的迷人之处：

风吹我的面颊　它自己感到愉悦

一排芦苇临水而立

既不感到冷

也不自觉狂妄或渺小

有些路走过很多遍

仍像第一次那样完美

飞鸟和羊群奔跑的大地打扮着自己

却并非想取悦谁

我很想扑进这虚拟的怀抱

以春天的热情和太阳的暖意

我们谈到过向日葵

和水滴石穿的爱

真的　一切皆有回声：
我有权信任你　也有权收回。

暮光之城：关于凋谢

顺着桃花的方向　刚刚摸到它的手指

便被紧紧抓住

爱情的气息　随即扑来

时间的脚步已走到初夏的肩头

深千尺的潭水

循着四月如水的月色

把桃花朵朵埋葬

亲爱的　我听你的

开始写诗

我要抛弃凋谢的羁绊

以及与它有关的一切信息

我要写出你的爱　你的梦境

以及你开放时大地心跳的声音

粉红色的晚霞　照亮了一座暮光之城

我要写下被拒绝的玫瑰和一个人的雨天

那些思念和孤独是抵达爱必须越过的门槛
以及未曾绽放就落入土地的花蕾
它绝望的姿势和等待被爱摧残过的容颜
凋谢的时刻终会来到
不必选择观望过绽放的人

等待已消失在等待中
飞翔的过程如此愉悦
一如穿着婚纱　被爱人亲手葬入墓穴
回忆很美　并且残酷
亲爱的　我找到了表达的方式
一如春草绿在枕畔
我不想让所有人
记得你的美
在盛放时刻必须紧紧地把你抱在胸前
无论被凋谢的速度
带往何处
我必须　必须
保持和你同样的高度

一月三十日

一月三十日
我写下这个日子
你已离开我五天
骨头碎裂的声响
打败夜晚那些喧嚣

整座城市在祈祷
你已离开我六天
曾经我很爱六这个数字
如今它正折磨我

刚好是在七月分别
我离开后
你的窗台长满了野草
它们经历的雨水

和我的眼睛一样多

八天后　我爱上了一个花花公子
仅仅因为他穿的夹克和你的
是一个款式

之后是漫长的九月
这个月里　我孤单度过了没有你陪的生日
九月二十八日是最长的一天
我在情侣座上一个人占两个人的位置
为了在一场电影里回忆你

二月十三日的旧事

一沓旧稿笺　藏着猝不及防的你
湖水一圈一圈　漫过沙滩
如你的气息　也曾那样围绕着旧事

二月十三日　天还有些冷
我如猎豹一样　扑向即将远去的幸福
拥抱却显得温情脉脉

不这样又能怎样
我们坚持了很久
终于走到了二月十三日
这是我们能过的最长的日子
能走的最远的路

"走路的人都在参禅"

二月十三日之前　其实都走在遗忘彼此的路上

一片叶子被命运吹起

刚好落在怀念的眼前

学黛玉焚断青山

乘白云和你泛舟天上

一念之际

雪花纷纷飘落

明天像一把锁

把所有的往事挡在门外

好听的名字

你就叫吧　嫣然　蔷薇　茉莉
那些写着写着就会芬芳的名字
都是我的
春天不曾经过我的枝头
我开成秋菊　飞雪　红梅
哭也要哭成好听的声音
刀正在案上切着骨头
骨头准备熬成汤
你下夜班回来了
汤都已准备好
我坚持　用世上一切的美好
来喂养你
哪怕梦中你叫的名字很陌生
那是你的事

缓慢地爱你

所有的花都开了
我要一瓣一瓣地开
我要缓慢地爱你
和你在一起的时光
我要一秒一秒地过
你的泪水
我要一滴一滴地爱
你头上的白发
我要一根根陪它
我要缓慢地爱你

和你经过的那些路
我要一厘米一厘米地回忆
你眼角的皱纹
我要一条一条地数

你看过的风景

我要一朵花一朵花地替你收藏

你爱过的那些人

我要一个一个替你爱着

我要缓慢地爱你

冒犯

晨光里我当然最美

也最寂寞

难道开放必得有人观赏

你心动是你的事

我依偎着一汪水　一些杂草

这是我快乐又卑微的生活

看　你的目光冒犯了我

所以黄昏的时候

我会微微变色

不是羞怯

而是愤怒

黄昏

窗帘上有昨夜经过的影子
是月色撩起了黄昏
在一场痛哭里　陷落着
纠缠的不只是往事
梦里你真的来过

草长莺飞　草长莺飞
江南的春天说来就来了
给你带信的鸽子
飞了九千里那么远
飞进了远古
你躲在二十岁的那个冬季
望向无边的秋水

"头发真的白了"

"活到三十岁就死"

我照着铜镜

兑现着未对你说出的诺言

地老天荒被所有人挂在嘴边

兴致

还有这样的兴致

在暗夜的雨天抄写一首诗

在一首诗里怀想

过去的人和事

叶子上的雨滴

正浇灌着内心的干旱

整个春天

仿佛没有放晴的样子

我的旱

是你走后的那个冬季遗留的

书桌上堆积一些你读过的书

它们在矛盾中彼此原谅

你写过的字

都跑到你去过的人的心里

它们还不肯回来

现在案上空空如也

去菜市场买菜

那些红红绿绿的番茄　白菜　芹菜　莴苣

摆放得整整齐齐

它们被买回各家的厨房

被烹调成万种滋味

只有我

怎么也煮不熟

一份刻骨的相思

烟火

你的城

我不小心飞过

也是四月的疏忽

把春天留在你的窗台

隔着一万米大气层

我的世界

忽然山清水秀

一场等待的意义

大过了时间的摧残

我已老了

害怕赴汤蹈火的坚定

你在厨房里

神色淡定

煮一锅还魂汤

等着不敢进门的人

见

穿过半个城　和一场突如其来的雨水
去见一个注定错失的人
五彩的羽毛已淋湿
还是要展现　绝世的温柔
因为　不肯辜负
这绝美的日月晨昏

有一些雨水　落在老年

都说百忍成钢

早已过了易动感情的年龄

那天　当我看到你孤独的身影

穿过街角

忍不住流泪了

知道你正在老去

我还向你　无度索求

有什么困难　受了什么委屈

孩子放学没人接

我的铺子临时需要人守

我拿起电话就打：妈妈

你开始在饭桌上抱怨

蔬菜塞牙

连切得很细的肉粒也嚼不动

爸爸则在看电视的时候

取下假牙　瘪着嘴和我们说话
昔日威严的形象荡然无存
岁月正在一刀一刀割去你们的青春
不　已不是青春　是生命
我还残忍地命令你们
在周末的时候烧一桌丰盛的菜肴
照看女儿的狗
清洗一大堆孙女们的衣物和玩具

看见你的那个黄昏
你正急急忙忙拎着青菜和萝卜往家赶
为我们做晚餐
一片树叶落在你的白发上
你吓了一跳
被恐惧拦住了去路：
你出门又忘了带钥匙
这些沉重的雨水　在心上滴答
你们老了　爸爸妈妈
此时我开始害怕时光的手
像小时候怕黑
在黑暗中我靠着你们的爱
屏住呼吸行走

此时你们正在走向无边无际的虚无

它可以轻易地毁灭那些抚摸过我们的手

摩挲过我们脸庞的脸庞

还有永远为我们奔忙的双脚

而我们

却被定格在原地

无能为力

安慰

如何安慰一片秋叶

它被春风拂过　枝头花朵伴它度过整个夏天

如今正在霜降中腐烂

如何安慰村庄

花红柳绿　它拥有过很多麦苗

大片的稻谷　紫红的桑葚　金黄的油菜

如今只剩　满地的野草

冬

或许欢乐提前透支

黑暗如影随形

我的树枝害怕的不是干脆的死亡

是无垠的空旷

菊花是伏笔　梅花也是

只有无辜的迎春花

陶醉在逝去的春风里

蜕变　酝酿　喝下女儿红

她誓死要迎接这迟来一个月的春天

这一个月的等待最终使她改变了容颜

霜到十二月才跟山头说句悄悄话

他想罢工和辞职

不再期许　不再温存

被人误解已不是一次两次

油菜花和麦苗都曾恨过他
南方的雪若下得起来
只相当于王子给睡美人的一次亲吻
不是让人睡　只是让人醒
四季不变的松柏也略有不满
他故意伸出长枝
把露水洒在经过的人的脸上
让他们的鼻子全部结冰
除了冷　嗅不到一切芬芳

只有桃树和杏树
她们悄悄有了自己的孩子
虽然目前连颗花蕾也找不到
但燕子和花喜鹊不会骗她们
喜讯已报过三次
说有就一定会有
只等那一声春雷
燃起这满山遍野的焰火

下乡

在一个叫兴旺的场镇上
我们摆好种子和化肥
等待忙春耕的人
一位背背篓的大妈
诉说去年一袋劣质种子带来的
一整年空空的盼望
她粗糙的手抚摸塑料袋装着的
玉米种子　小麦种子　水稻种子
像抚摸自己的三个儿子
大儿子在广东工厂
"今年效益不好　已准备提前回家过年"
二儿子在上海工地上
"每天管饭　工棚里住着暖和"
只有三儿子在家里靠天吃饭
"种子是他的命"

三个儿子的平安就是她一生的风调雨顺

她额头上的皱纹很深

但希望更浓

最后她掏出在兜里捂了很久的钱

买了"珍禾1号""冈优198"

无论如何

"老天养七十八岁的她

她养她三个辛劳的儿"

我为自己设着一些栅栏[1]

我的幸福是圈养的
它们啃噬着规定范围内的青草
人人爱慕园中春色　只有你写信给我

我的小伎俩在于：
妖娆和丰满　顾盼生辉的眼神
旗袍的颜色　今天用什么发夹
来客从三号门进入
我躲在二楼的屏风后
过五分钟再下楼
画着疏淡的眉
与唇上艳色对比

---

[1] 张爱玲曾为表相思之情，在赠给胡兰成的一张照片后写道："见了他，她变得很低很低，低到尘埃里。但她心里是欢喜的，从尘埃里开出花来。"

言辞要欲拒还迎

他仿佛是倾慕　又或许是寻常来访

这寂寞被搅起涟漪

又掀成滔天巨浪

所有人都在说对错

我无法拒绝他双目凝视

尘缘在玩弄我

命运也跟着起哄

他看不见栅栏

也看不见烟

只看见火焰

再下一层楼梯

我便见着了镜花水月的模样

我的爱是庭院深深

他的却是山河浩荡

从不承想

数年后　一个时代躲在身后

见证这爱的浩劫和离难

无悔的是：他许我岁月静好

在月光下深吻过我的唇

画外音

你在画面之外　演绎着故事

一些画外音

在我们找不到叙事的方法时

负责娓娓道来

谁也无法预料生活中那些偶然的

滑坡和泥石流

当我颤抖时

有狂风把一切秩序掀翻

那躲在角落里窃笑的

是不是踏过我的柔情和梦的敌骑

只需一句谎言

就足以把所有美好的相守化为灰烬

而你并不知这摧毁的力

已使我撤退了信任和希望

这空镜头记录过的相逢和恩
此刻并非可以想象的空
是真的空了

你的爱正在和我的世界角力

我好多年未哭过
此刻却泪盈于睫
我可以忍住花瓣凋零的痛苦
却忍不住一句再见
三百六十五次心跳和挣扎
只化作此刻相逢一笑
夜已深了
这安静为我挂起厚厚的屏障
挡住一切喧嚣
窗外　梅花纷纷落了下来
不敢惊动这无声无息的雨
和雨中寂寞等待的人
你的爱正在和我的世界角力
谁能安排一场正确的彩排
让你的春天和我的刚好重合

一场雨解开了春天的纽扣

一场雨解开了春天的纽扣

柳树开始发芽

去年种下的爱情

开始绿了

一整年的荒芜

并未使去年的桃花忘记开放的心情

"如果有露水　我将饮下所有清晨"

对于一见钟情

她从不敢提前准备

那些记得她笑脸的人

从四面八方赶来相逢

她在苦苦相认

二十年前从故乡走出的书生

一颗桃核

是她在他肚子里留下的记号

或许如今　他是另一棵桃树

带来了满树的花蕾和春风

这未暮的春日

这含羞的相见

是樱花与杏花飘落的慢动作

春天在一切事物中做了手脚

让所有疯狂都找到了合理的理由

鸟

在家里午休

忘记拉上窗帘

醒来才发现

窗外的鸟儿曾和我一同陷入深眠

它们是两只

我是一个

大鸟白白的羽毛懒懒地从翅膀上铺开来

另一只也是

我们之间隔着一层玻璃

它们不关心任何人的胡思乱想

淡淡地看过我一眼

又睡着了

还生着闷气的我

看着两只继续打瞌睡的鸟
突然和这个世界和解了
还爱上了它的种种不如人意

我已认出了你

你看吧　这灰蒙蒙的天空
我从不指望它能生出天使
但是最近我的嘴角常常挂着笑
或许满山的油菜花是你
或许桃花是你
或许枝头刚刚冒出的嫩芽是你
或许刚刚读到的那一首诗歌是你
或许昨夜看过的电影是你
或许那伏在我脚边的小狗是你
我一生中甚少出现的温情
堆积成了你的样子

我站在四月的门前

一些春风正在穿过人群
你给过的伤害终于云淡风轻
像这徐徐上升的风筝
往天空飞着　不再计较跌落的失望和固执的挽留

所有的事物都睡着了
唯有爱和希望不眠
我曾经犹豫着往光明处探寻
是春天给了我勇气
她挥手一指
万物都得改头换面
就算是懦弱的借口
我也愿意夹杂在这滚滚洪流中
随她往更深的渴望里走

走过很长的路
和旧事的挣扎使我虚弱不堪
这个早晨　我忐忑地站在四月的门前
只等她掀开帘子
说一声早安

失眠

我曾和孤单通宵对峙
它比我更倔强
我不认输　就别想合眼

过去的全部岁月隐入暗处
屏息凝望我和另一个自己相遇
为什么是你
为什么是此刻
一点儿微弱的声响
也决定着战争的走向

即使目睹过死亡
也试着相信来生
无法说服命运的
也同样无法说服我

我的浅梦里有幸福的影子

它像风一样来过

一睁眼又走了

有时只有你或者甜蜜

比孤单大一点

比白天远一些

它拎着我的衣角

不让我往深海里走

勉强收拾起零落的躯体

与睡着的样子合二为一

经过一个小站

万物在逆行
忽然被这个小站喊了一声停
仿佛小站挽救了危如累卵的城市
和即将倾塌的夜空
一味往前跑的人
并不在乎自己的去向
那些灯光等待着的家
看起来是归宿的寄居
永不靠岸的泅渡
有人决定在荒郊野外下车
这人世的废墟曾经堆成繁华的模样
如今与他再无关系

一些念

想念来时如洪水肆虐三遍
一遍是拥抱和孤独
一遍是夜晚和不平静的大海
一遍是满城凤凰花开迷人眼
你却不在

无常毒辣　距离凶猛
它随便一挥手
我们之间的光阴又去掉二十年
你在银河的左岸
右岸却不是相逢
是独在异乡为异客
是嫁作他人妇
雏儿已绕膝
是波浪起伏的人生和黯淡的心情

你手中的光束

比太阳更亮

掌星河浩瀚

我是一个没见过世面的万花筒

当这白光是世界的全部

并且给它划了疆土

由它在我的国驰骋

负责打马南山　管理幸福

英雄

一个人拉开弓

对着大漠长河

嘶吼三声

他在自己的命运里走失

这一生要穿过多少绵长的海岸线

冰封的塞外和长城的弯月

把道路愈剪愈窄

到最后他回到母亲的坟前

想叫一句"娘亲"

却被荒草和落叶堵住了喉咙

美人仿佛只是陪衬

人们不允许她左右他的江山

他曾亲手赐死自己的爱情

也曾在敌人的阵营里忍辱偷生

如果不是背后刺字

八千里日月风霜

他会不会赶来救一个昏聩的王?

如今在戏里　他是万人膜拜的英雄

驰骋疆场　刮骨疗伤

看淡了一切生死

只对着那红衣飘飘的爱人

叹了一声：

"哎呀　都是孤害了你"

那过去颤抖着来到新的生活

那过去颤抖着来到新的生活

明天是一个动词

我越靠近　它越远离

未来是五十度上坡还是下坡

一个城市的暴雨还不够淋漓尽致

风将你埋在废墟里

还种上树

"平静和安定如不能抚摸你

我将派痛苦刈剪你"

昨夜　降下雷霆

树叶和我一起被一扫而光

那些零星的灰尘

是我给你的信

愿风和日丽

雨过天晴

愿泥土变鲜花

愿你相信爱和深情

在火车上写诗

向时间借来一段空白
聊天　看电影
那些都做过了
因此开始写诗

周围的世界与我离得很近
各种方言听起来很像外语
表达的喜怒哀乐完全无法引起共鸣
我对面的两个劳动人民自在地打瞌睡
旁边的人跟着音乐在哼歌
有小孩哭闹着在车厢里穿行
这一切在我眼中充满诗意

广播里放着一个女人的歌
"这世界本是孤独旅程

我却傻傻依赖你同行"

我和她不同

她依赖着一个男人

我依赖着这广阔世界里的陌生人

他们堕落　失落　挣扎　卑微地养活自己

或许愿望常常落空　或许咸鱼翻身

或许从巅峰跌至低谷

一个人走过陌生的城市

一个人看过陌生的风景

一个人尝过陌生的苦难

从没有闹过孤独

仿佛孤独与生俱来

又仿佛孤独从未存在

他们让人安心生活　灵魂有伴

让我情不自禁地写诗

背景

是夜　凉风起　江边树影婆娑
万物皆起歌声
25摄氏度的夜忘记了38摄氏度的炙烤
只有江边的渔火
灯影下摇动的垂柳
风是必需的
琴声也恰到好处
走来走去的人们
是夜安放的棋子
这虚化的背景告诉我一件事
你若在　那背景也会有灿烂的表情
它会舞　也会欢歌

水记
——写给柳街

柳街于我
是睡在光阴里的记忆
我牵着回忆的手
一遍遍走过去　又走回来
他曾许我　逐水草而居
如今　杳无音信

一遍爱
一遍离别
一遍生死
与我毫无关系的幸福
从上游漂到下游
各种版本的传说里
我都是留在原地的那一个

柳街的西边
是我和他饮酒时头顶的日月
除了爱和孤独
没有别的下酒菜

柳街的东边
是我和他分离的渡口
一条街如此短
我和他
却未走到头

有很多过客
经过了我临街的窗
我放下了沉重的痛苦
却放不下这一江秋水
和她日夜不息的挽留

我最终决定留下来
和我的柳街
相濡以沫
一日三餐　锦衣素食

陪她起春潮

陪她看落花

陪她追逐青城山漫山的杜鹃

和都江堰上倒映的明月

陪她一起被时间锈蚀

被岁月镌刻

我和她互相承诺永不厌弃

她是喂养我的娘亲

我是她未出嫁的女儿

写给一瓶酒之红花郎

这软软的一声"郎"
群山已倒在我的四周
白云倒流
水长了翅膀
扑棱扑棱地向爱的深处飞
不要对我用"醉"这个字
我是素朴的红花
他是我的郎
他高中状元
他衣锦还乡
情意深长处
妾身已羞红了脸庞

一万种修辞
不及我叫他一声"郎"

甘苦与共　冷暖自知

根连着根　手挽着手

并肩前行的岁月

苦涩中带着芳香和微甜

初遇他时　天空中挂起彩虹

爱上他时　是痛楚和希冀的角力

像刺一样深入彼此的生命

蜕皮　结痂　饱含着热泪的原谅

这爱情　这内心从坚硬到柔软的涅槃

不管多么沸腾

爱必须发酵到一个刚刚好的温度

有时是 52 度　有时是 38 度

就这样一辈子小吵小闹　小恩爱

不允许烈焰颠覆

毕竟幸福山高水长

短过一阵风吹

长过一生寂寞的守望

比枣花还小的喜悦
——回乡

有些比枣花还小的喜悦

让我对整个秋天充满了感谢

高高的天空　静静的孤独

你一闪而过的泪水

母亲在田野里劳作的身影

有些人来到世上　和土地一样

就是为了无休止地奉献

献出血　献出忍耐

直到把骨头变黑

喂养土地　喂养男人和孩子

每一粒种子都是她播下去的希望

一万次的跌倒也不会让她泄气

一到秋天　土地的秘密再也藏不住了

花生　红苕　地瓜　甘蔗

她只用果实来表达爱

接受的人随意挑三拣四

她习惯了被忽略和轻视

没有惊喜

人们对最珍贵的东西总是习以为常

她从不会被痛苦打倒

和生活计较起来

早就活不下去了……

她的喜悦和卑微如露珠和青草

去年山坡上多长了一棵枣树

树上多了一个鸟窝

鸟窝孵出了三只毛茸茸的小鸟

那山下花狗找到了新对象

茅草丛里又来了一窝小老鼠

她把柿子和柑橘像灯笼一样挂在树枝上

又用满山的茅草做了火把

只等我星夜兼程

我一回家

她嘴里掉出来两颗核桃

落在青石板路上

把月亮吓得瘦了一大圈

虽然十五还早

但我和我的故乡

早早地过起了团聚的日子

我必须修剪自己

我必须修剪自己

以适应这黎明

昨天残留的躁动和不安

使窗外的车流和灯光有些刺眼

毕竟这黎明还不完全属于我

我得小心翼翼

别打扰孩子嘴角浅浅的微笑

和天上星星的次第退朝

一些难题出发拷问我

这是它们集体选定的时辰

我要的尚不明确

"是要安宁还是要与往昔决裂?"

当你以新的孤独来刺伤我

"不能在往事上贪睡"

你的告诫并不能安慰在四点钟醒来的人

到处空空

这黑夜里唯一的光亮

不过是刚才梦中的温情

这世界的很多色彩

不比一个人的幻想斑斓

所以梦才是真正的敌人

我感到修剪的痛苦

却不肯说出我的怯懦

让这黎明肆无忌惮

它的美和寂寞一样让人软弱

"听听窗外的鸟鸣便可疗伤"

所谓安慰

不过是以较小的孤单欺骗更大的孤单

秋天寄语

秋天从前天早上来到我楼下的小院

一只眼尖的猫发现了它

赶紧悄悄离开

再晚点　落在它身上的两片叶子都黄了

我们往深山里走

先是野山楂

再是野菊花

再是火红的晚霞

秋天一层一层拦住我们

它说：再往里就是更深的诱惑

更丰满的孤独

不说爱　你没看见天空和大地的疯狂吗

为了这一季的美景

它们准备了霜雪寒冬来拦住幸福的蔓延

秋天只够染黄四分之一的日子

但它是果实　是温暖
是一切艰难困苦的温柔支持
多少年了　我习惯在夜深人静的冬夜哭泣
却没习惯被疯狂的秋天低声唤醒
但此刻窗外的黎明代表秋天敬礼
那卑微的人
请收下清晨的鸟鸣
请收下爱和安慰
请勇敢　请微笑
请在秋风来时敞开心扉

臣服

生命中才出现的草原
和我比骄傲
你注定要输
一望无际的辽阔
才是让我臣服的筹码

长安

古城墙的雨水是她昏黄的泪滴
她高高的乳房已经倾塌
只有雍容的身形知道
她承欢的那些岁月
一个帝国倾其所有
博她一笑
轻移莲步　她踏过多少腥风血雨
她绝世的美貌已藏进君王的回忆
如今　她是一个年老色衰的情人
初雪覆盖的清晨
她盛妆后的容颜
叫一切狂妄的后生
都屏息不前

我想守护这空旷的一切

幸福要多浓
才能点亮四周沉寂的事物
猫的眼睛　雪的光芒
月色下奔驰的马
我想守护这空旷的一切
和它们那脆弱的心

和很多孤独的灵魂相遇

夜里两点　睡意像一尾尾游鱼
明明都在　却抓不住它们
我睁着眼睛　和很多孤独的灵魂相遇
每一个都诉说着
自己的前世今生
一个声音说：都灭了吧
一切都是幻象　只有痛苦是真实的
痛苦也麻木了　它也想休息
却无奈地失眠了

在水面上种花朵

幸福那么短暂
如天空中绽放的烟火
当你为离别埋伏笔　我就笑了
一头扎进寂寞这条河
我就决定　在水面上种花朵

软弱

只在你面前软弱
是荣光还是堕落
我是一个摸象的盲人
哪儿黑就在哪儿歇吧
天色既晚
一座城池在我面前毁灭
你若是挥剑的人
在脆弱的轮回里
相见的地点
还是不是老地方
这些　我必须确定

手无寸铁

把往事一格一格分好
放进抽屉里
世界好像真的空无一物
只有风知道
面对一场暴雨
除了爱
我手无寸铁

樱花开了

樱花都开了
在水中的人天天起波澜
岸上的人还不动声色
最好的办法是
把美和孤独藏起来
即使春风传令
百花依然不开
即使经过了
也转头即忘

命运把我往哪儿带都可以

命运把我往哪儿带都可以
有月亮的晚上
树叶的味道闻起来那么清新
影子在路灯下跟着我走着
我在爬那座过去的山
山上既没有灯塔　也没有你
命运它犹疑着
是否该沿着思念带我去往
新一轮的寂寞荒凉
不说这些也罢
难道它已经看穿我的背叛
我爬上山又走下来
甚至在路边随手种果树
指望这些偶然
能构成遍地金黄

完整的一天

完整的一天只能从见你开始
那之后　或许是早晨　正午　黄昏
或许太阳升起
或许听得见鸟鸣
又或许人声鼎沸　孩童欢笑
或许一个人唱歌或静静地哭
或许坐车去旅行
或许找人倾诉或走夜路
那些存在的唯一理由：
只是已经见过你

辜负

樱花开时
尚不知阳光已因她陷入爱情
他就那么一直照着她
不舍得离开
而她只管自己盛开
为了美
她什么都不怕
哪怕辜负这一场热烈的相遇

奶奶

在梦中
奶奶和山中青翠的一切
都醒了
你也醒着
船夫的号子喊起来
他们往对岸划
我在河边看炊烟
我在河边洗衣服
我在河边等你
你叫着我的乳名
为我擦眼泪
给十岁的我喂东西吃
其实我和你一点也不远
只一场梦的距离

只是世上那糊涂的人

把这距离叫阴阳两隔

相信

我的面前　是一大片一大片的花
它们有时也像雾霭
还有这清晨刚醒的梦魇
是内心累积的重重黑暗
某时某刻
想全部交给你　全部
在我的故乡
一年四季都是美景
但只有一条秘密的途径
会让幸福与苦难相遇
你怀疑它子虚乌有
它只静静站着　说：
"来吧　请相信我一直都在"

害怕

地震的时候
人们忙着各自逃散
我在找我的亲人
既不去找食物
也不去搭帐篷
我只想和他们紧紧抱成一团
比起死亡
我更害怕分离

飘

喝了一点酒

我感觉自己飘了起来

和天空　白云悬在相同的高度

我担心自己有坠落的危险

你看它们那么高

无依无靠

那自由的幸福

和孤独的疼痛

像棉花一样轻飘飘

我渴望着被风带走　被你带走

如一朵飞翔的蒲公英

盲目地奔向

幸福夭折的途中

我正在注视那细微的一切

我正在注视那细微的一切
花成为标本
孔雀成为标本
熊成为标本
尸体也成为标本
解构和腐蚀让一切简单
痛苦　忧伤　欢乐　都会凝固
它来见我时以永恒的姿态
它们都不会哭　只有我会
我甚至用眼泪打湿了标本们的睫毛
想唤醒它和我相对的孤独
想它们奔跑　恐惧　寂寞
想被人追赶和抚摸
想在另一只孔雀面前开屏
想要赶走占领它领地的另一只熊

我想要它们懂得
即使我们互相抱着
也无法彼此取暖
呼吸结冰之后
只能一遍又一遍地
抚摸这彻骨的冰凉
用火柴还是蜡烛
熔化这孤独
如何能告诉这些标本
迷途对我是摧毁
也是拯救
抱着一场空
终于从温情的舷梯走下来
把往事也放进这标本的行列

你还未对我使用春风

在遇见春天之前
我对它无情无义
不抱憧憬
因为生活的伤已把我裹紧
我不曾为爱留一丝缝隙

有人来了又走了
有人怜过　有人问候
一点点火种也燃过周边的荒原
我只是紧紧护着我的心
它是比冰还要冷一些的矿石做的
燃点很高

现在我知道了
是因为你还没来

你未对我使用春风

你来了

我知道自己是铁

但你是磁铁

再苦也往上碰

再甜也不想分开

一些艰涩的词语来敲过我的门

但在你的柔情里

我只记得爱和荡漾在春日里的暖

并且不再贪心

只想念那心甘情愿开放的心情

想念一些微微的醉

和你的目光

宿命还是洪水

你把我惹怒了
我只有一个哭泣的表情
你的心就开始大雨滂沱
路上你旁若无人地吻我
"要让大家知道我多爱你"
一瞬间的眩晕让我忘记了
被整个世界抛弃的危险
当我丢失了心中脆弱的信仰
又失去了你的爱
只会在孤独的海水中沉溺

你用你的温柔和执着
让我一寸一寸缴械投降
你是我写给自己的文字
见识过我的海阔天空

也玩味过我内心的风暴

"宿命或者洪水"

我仰望过幸福的山峰

只一个眼神

就被你搬过来

堵住了退路

那一年　我在寂静无人的山中酣睡

一只羊嗅过我的脸

我以为平静也就那样了

当我睡在你的身旁

大海的波涛和天上的雷电

都蹑手蹑脚地退出了房间

我们说到过花

你的口袋里揣着种子

只要我给季节打个招呼

你就会变出一座花园

命令它们　在相见的那天开

我把自己的爱装在玻璃瓶子里

又蒙上一块布

你只需轻轻一揭

就能看见那毫无保留的热忱

所以我的努力是：不让你靠近这块布

遇见

遇见你之前
怀揣美好却被冷落
流浪了半生
爱情收留了我
它看起来那么家常
一起吃吃饭
黄昏时分去山中散步
起风了互相拥抱取暖
为我的噩梦轻吻眼角
当我伸出手
总是有另一只手的温暖等着
我的生活从跌宕起伏的小说
变成了配乐诗朗诵
我是诗　你是漫天的音乐
愿我们是一首永恒而欢乐的歌

放下之美难以言表

一件一件扔下去
如同落日退出了天空
接下来是宁静而奔腾的夜

辞职　扔掉还没拆封的衣裳
书籍被打包去了废品店
家具都送人了
房间最后做了一遍清洁
那些曾经爱过或辜负过的人
也郑重地说过了再见

发现自己什么也没有
卡上没有余额
没有庭前大花园
没有无谓的奢望

没有首饰和化妆品
再没有多余的负累
连季节也到了最单薄的夏天

只有窗外的那几只常常飞来的小鸟
依然在叽叽喳喳交谈
有一段时间　我认为它们是我的
或者　我是它们的
现在我知道　它们仍然属于这个世界
却不再是我的

坐在空荡荡的候机室
因为没按时到达
一飞机的人都被我抛弃了

但我此刻望向天空
发现它的蓝和空旷
充满了我一无所有的心
不是美　是极美

金沙夜月

那匍匐劳动的和举杯邀月的
都是我的父亲
那溪边浣沙的和用桃花签写诗的
都是我的母亲
时光如坚实的土壤里隐藏的洞穴
它带我来到今夜月色朗照的金沙

我是我父母的孩子
也是金沙的臣民
我的母亲婉转地诉说着莫名的心事
我的父亲经历了连天的烽火
我的金沙曾流过滂沱的泪水　也跳起过胜利的秧歌
它们在我的血液里平分秋色

我像尘土一样活着

又像君王一样

巡视我的国土

周口店　半坡　云南元谋

那里的春天也像我的古蜀国一样

有杜鹃花开放吗

还是以蝴蝶为坐标

它的翅膀飞过的地方

都是我的故土

它闻过的花香

都是我亲人的体香

还是以牛角为号

听见号声集结的

都是我同母同父的兄弟

太阳神鸟悠长的羽翼掠过我的衣衫

拯救过

一座城池的迷惘

黄昏的雨滴

打湿了人世的酸甜苦辣

从故土西边吹过的风

刚好来到这宽阔的成都平原

我父亲的父亲

我母亲的母亲

还有我居住在三星堆的亲戚

举起丰收的酒杯

共享这千年的一轮明月

明月照过离别

照见相思

此时照着我家园的丰收和金色的九月

以及我梦境里的童年

我父亲母亲的童年

还有人类最远古的童年

今夜的金沙

在这光晕里轻轻哼唱

幸福　团圆

流浪

其实　我已流浪好多年
每天打一百个以上的商务电话
一年里坐飞机超过十次
曾经早上又坚持跑步半小时
抚摸我的狗时　心头也有异样柔情
公文上的排比句
在灵感来临时也写得很漂亮
去年在上海　世贸大厦的顶层
我计算着物体以 9.8 米/秒^2 的加速度
需多久才坠至地面
连续三四个春节　我诵读着祝酒时的祈语
将很多人和自己
灌得酩酊大醉
甚至　在各个寺庙抽签
预测一年的运势

偶尔也看电影

相信肉体能说话

物质不灭是真正的科学定律

但最近

我爱上了《楞严经》和纪伯伦

瑜伽或徒步旅行

我感到自己日渐变得高尚　有情操

和朋友闲聊中

灵魂被用到的次数很多

有几次

我偷偷为灾区的儿童捐了价值不菲的书包

直到那天　我衣冠楚楚

开车经过一个垃圾场

有人在垃圾堆里找吃的

面目不清的流浪汉

把一块香蕉皮

准确地扔进我的车里

又对我额首微笑

把我当成了自己人

如果有愿望

如果有愿望

不过是花落无语的四月

坐在太阳下看樱花

被狭路相逢的缘分和美击中

江边春草绿

故乡一言不发

它知道自己在等

等一个走在回家路上的人

等那个人繁花落尽

等他失声痛哭

我的骑士踏马而来

我的骑士他踏马而来
未曾铺垫和预告
把那赤诚的火焰往我面前一扔
"这些　是你点燃的
又将照亮你"

我被那红色的闪电灼伤了眼睛
像个盲人
跟随他　穿过草原和森林
任他给我风暴和风暴中的颤抖
任他将群山一一睥睨
任他换我脚下的泥土和天上的日月
他放出十万匹狂野的狼巡视自己的疆土
又小心翼翼梳理我的羽毛

这不值一提的软弱

像太阳一样恒久地照耀

我光芒万丈地飞翔和坠落

皆使他觉得自己功成名就

他满足于这新造的世界

这重修的关隘和长城

我被迫重新命名河流和海洋

索回被痛苦和失望侵占的岛屿和山脉

等待一个风和日丽的清晨

把幸福和爱正式册封

我要向吹往林间的风说一声

我要向吹往林间的风说一声
即使我变得更脆弱
也没关系

我曾经对这个世界小心翼翼
对人们客客气气
仿佛有一天谁会突然翻脸
收走我手中那小小的
带给我全部希望的幸福

握住这个秘密　有时我变得骄傲起来
比谁都爱笑　爱哭　爱遥远的星星和月亮
爱上了书中每一句话
是的　我还以为自己很美
就像你看到的样子

那个时候不是在云朵上飘着吗
挽着手
在黑夜里轻轻哼歌
被远处的灯光打扰
只好把头埋在青草的香味里
我们浅尝着彼此

其实我从来没有过幸福
你突兀地把它带来
我竟一点不惊慌
老觉得你一直揣在怀里
专程走远路　指定给我的
啊　我真是太贪心了
为这份贪心　我欢乐地跳起了舞
夜色却从不羞愧
我要让她给你传话
我想要更多　活得更久
只要你在那里
我就一直索取　像你渴望的那样

计较

有梦的时候就做梦吧
没梦的日子呢
天天想着　和你相见　被温暖的手抚摸

不要计较我的欢笑比你多些
只需一根火柴
就能轻易点燃　内心的火焰
有时候　只是窗前的树
摇曳着想念的影子
我便整夜跟着它　不敢安眠

"放下就会全部轻松"
登山的时候　太阳跟着
哭的时候　泪水跟着
奔流的江水和沉默的草原跟着

去到一切苍茫之处

那写在大地上的经卷　我已背诵过千遍
种苹果树的人　砍桂花树的人
井田和梯田　纵横交错的大道
和荒无人烟的村庄
让人更加纠结

当然到最后　这些幡然醒悟
都会原形毕露
回到最初的泪　最开始的错误
而我又对自己
开始新一轮的原谅

花赋之一·鸢尾花

若你在众星捧月的高处
我必在空无一人的黑夜里等待
你手中的鸢尾花
像火把　又像黄昏燃烧的天空里的流云
我爱那金色的酒杯
幸福的花朵向着爱人的方向奔跑
我是逐日的夸父
也是寂寞的信徒
你不必知道一个人的战争
正如紫藤不必知道花园里其他的秘密
我拒绝了一树桃花艳丽的诱惑
只想被樱花抱在怀里　长眠不醒

花赋之二·青花

青花的极品　称为骨瓷
窑烧的过程里加入动物的骨头
无数次熔炼之后　铸就光滑的窑品
前世的某个女子　把滴血的灵魂注入
只等千年后的那个有缘人
看出骨头里的痴
和永世的不甘心

花赋之三·玫瑰

如果爱是玫瑰花献给春天的礼物
那么我已尽力来到你的面前
耗尽光阴在路上有什么用
抵达的时候还是连风尘一起
辗转反侧的夜晚
并非一定孤枕难眠
有时候仰望星空　有时候低头喝水
这全部的日常生活
不要赋予它意义
我要的　是寂静相守的幸福

一朵花不认为它能丰富风景
千朵花却唱响了整个春天
再次对卑微说再见
它把自己交出来

任由毁灭或重生

从容是此时唯一的表情

观望过重生的人　　被重生打败

涅槃或许是进入虚妄

或许是新一轮的禁锢

不惑时拈花即能微笑

迷惘时脚下即是深渊

夜宴
—— 一个美人和她的王

"明明听见你的马蹄声
为何不见叩动我的门环
孤独是可耻的
那等待呢"

一个人曾许我这个世界
许我光　许我翅膀　许我天空
命运像一个巨大的筛子
滤过践踏尊严的人
滤过玩世不恭的浪子
乘风而来的骑士
大刀阔斧地等在路口
手中的战旗挥动　他要我俯首称臣
我献出所有的河流和土地

直到失去一个王国的全部疆域

仍不能让战火停息

我爱过的男人忙着种树　酿酒

为我调制胭脂

他怎知倾覆的危险已到来

不过一阵微风和浅浅的一吻

就填满了太阳留下的阴影和内心的缺口

我的江山社禝　朝不保夕

我以为会哭　会痛　会疯

草原上奔腾的野马　暴露了真正的狂欢

承诺太重

他淬火　决裂　重生

那锻打他的　同时消融你

有多么温柔　就有多么凶猛

新的纪元终会来临

我仍会衣袂飘飘

盛装穿过令人目眩神迷的森林和阳光

见我的王

对他三呼万岁

听故事下酒

听着你的故事下酒
听你和她相爱相杀
她的名字是你和世界接头的暗号
一头大江东去　金戈铁马　风萧萧兮易水寒
一头霓裳羽衣　脂粉香浓　太平盛世
退役多年的热情　当着秋天宣誓
黄叶落满地　赢得美人归

持久淤积的光线
照见一个人千辛万苦的努力
没有战争　她不过是你最后坚守的阵地
你忘记了为什么
人走得太久都会忘记初心
在后山那块石头上
你种的一棵小柏树

却长大了

面对内心的旷野
你张开喉咙想喊
多年的缄默使你变成了一个哑巴
我努力想把这一切
修饰成爱
词语们看清事情的真相
愤怒地退缩了
不然就下一场雨
然后来道彩虹吧
在亲情谢幕之前
让台上的人们带着爱的完美妆容
悄悄退场

跋

秘密荒园

每个人都渴望有个人为自己全情投入，可有时却被认为是一种偏执。在离我住的地方不远处，有个秘密的园子，下大雨的时候我就会去看它。有时候它只有叶子和草，有时候开着星星点点紫色的花。后来，因为没人侍弄，草生长得越来越旺盛。这对于我是一种刺激，当我心中长出逃离现实的野草，便自行刈剪，或被迫团成一团，最终形成定期发作的毒瘤。

夏天天气炎热，出门的时候不多，我既盼下雨，又记挂着那个小小的、无人照看、肆意生长的园子。它过于窄小，却有藤蔓有树，像一个有尊严的人，即使独处也庄严肃穆，或者情趣盎然。天终于下起雨，我穿戴整齐，不带雨伞，要去园中待一会儿。一些虫子和鸟，在沉默地忙碌着，它们不在意我的打扰，我也乐意它们把我当空气。我认为，不被观察的生活是另一种形式的自由。

有时会误撞进一只湿漉漉的小狗，它绕过矮小的树，穿过草丛,在一朵比较大的野花旁边站了一会儿,一声不响地出了园子,在门口犹豫了一下,从原路返回了。

这不像一个现实的园子,更像我虚构的梦,有时候我会故意给它加上枯黄的茅草或间歇性鸣叫的蝉,紫藤是我一直喜欢的植物,需要的时候也会加上。它不受控制,只按自己的方式生长,荒芜而又生机勃勃。

或许我把它想象成遗世独立的自己,幻想摆脱羁绊,幻想四周无人声,只负责接受自然的雨水,有很少的心灵相契的朋友。那么门呢?哦,我的荒园居然有一扇中规中矩的门!可见,我并不肯放弃全部现实的文明和物质,遗世独立只是一种做作的行为。

我曾给一个朋友描绘过这个荒园,她被迷住了,强烈要求我带她前往,与我共享。别人的生活难道对每个人都是一种诱惑?我把从园里采来的月季送给她,却怎么也不肯带她去。这样,我就可以把荒园描绘得更美丽一些,虽然那只是园里唯一的一朵月季。

可惜我要搬家了。告别的时候,老天特地下了一场大雨。我带上画夹,想来场难忘的仪式。但不高明的绘画水平让我恨铁不成钢,画面看上去是乱糟糟的绿和突兀的黄。它为我的举动惊诧吗?我本该写首诗的,这个我稍微擅长一点。在最爱的人面前,我们都想展现自己不为人知的一切,哪怕是软肋和缺陷,可大多时候是画蛇添足。

217

要让离别悲壮，最好两两相忘。我收好画夹，荒园起风了。在新的居所，我会忘了它，还是找一个替代者？这是我自己的事情，荒园并不在意。我来之前它荒着，我走之后呢？我有了一点浅浅的伤感，原来它并不相信命运。

如你所猜，这些诗歌，是我小小的秘密荒园。